Diversión con calabazas en otoño

Martha E. H. Rustad

Ilustrado por Amanda Enright

EDICIONES LERNER ◆ MINEÁPOLIS

NOTA A EDUCADORES

Al final de cada capítulo pueden encontrar preguntas de comprensión. En la página 23 hay preguntas de razonamiento crítico y sobre características del texto. Las preguntas ayudan a que los estudiantes aprendan a pensar críticamente acerca del tema, usando el texto, sus características e ilustraciones.

Muchas gracias a Sofía Huitrón Martínez, asesora de idiomas, por revisar este libro.

ediciones Lerner
Una división de Lerner Publishing Group, Inc.
241 First Avenue North
Mineápolis, MN 55401 EEUU

Si desea saber más sobre los niveles de lectura y para obtener más información, favor de consultar este título en www.lernerbooks.com

Las imágenes de la p. 22 se usaron con el permiso de: Mykola Horlov/ Shutterstock.com (vid), p. 22; Maleo/ Shutterstock.com (calabazas coloridas); Thunderbolt820/Shutterstock.com (calabazas anaranjadas).

El texto del cuerpo principal está en el siguiente formato: Billy Infant Regular 22/28. El tipo de letra fue proporcionado por SparkyType.

Library of Congress Cataloging-in-Publication Data

Names: Rustad, Martha E. H. (Martha Elizabeth Hillman), 1975- author. | Enright, Amanda, illustrator. | Becerra-Cárdenas, José, translator.
Title: Diversión con calabazas en otoño / Martha E. H. Rustad ; Amanda Enright [illustrator] ; [José Becerra-Cárdenas, translator].
Other titles: Fall pumpkin fun. Spanish
Description: Minneapolis : ediciones Lerner, [2019] | Series: Diversión en otoño | Text in Spanish. | Includes bibliographical references and index. Identifiers: LCCN 2018046460 (print) | LCCN 2018050668 (ebook) | ISBN 9781541542679 (eb pdf) | ISBN 9781541540835 (lb : alk. paper) | ISBN 9781541545397 (pb : alk. paper)
Subjects: LCSH: Pumpkin—Juvenile literature. | Autumn—Juvenile literature. | Seasons—Juvenile literature.
Classification: LCC SB347 (ebook) | LCC SB347 .R8618 2019 (print) | DDC 635/.62—dc23

LC record available at https://lccn.loc.gov/2018046460

Fabricado en los Estados Unidos de América
1-45264-38788-9/17/2018

TABLA DE CONTENIDO

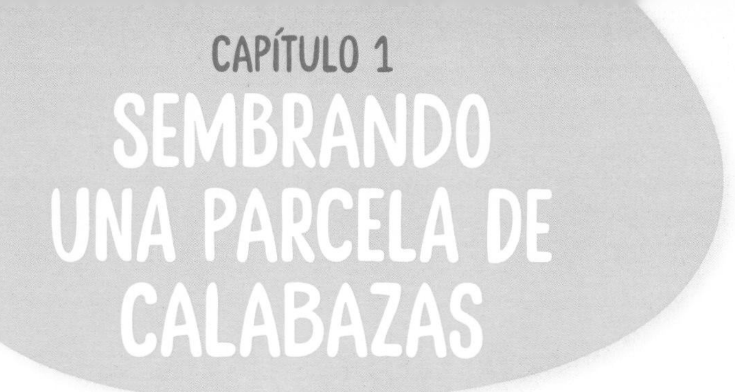

CAPÍTULO 1

SEMBRANDO UNA PARCELA DE CALABAZAS

Aunque sea primavera estoy pensando en el otoño. ¡Vamos a plantar calabazas en el jardín!

Hacemos pequeñas montañas de tierra y plantamos dos o tres semillas dentro de cada una.

Después regamos las semillas con agua.

Luego, las semillas se abren. Pequeñas raíces les crecen por debajo.

Ya pasaron dos semanas. **¡Mira!**
Puedo ver pequeñas plantas.

Las pequeñas hojas crecen en las delgadas vides.
Las vides se extienden.

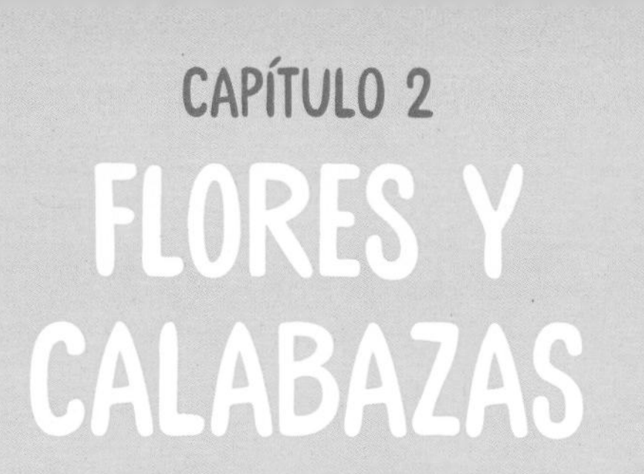

CAPÍTULO 2

FLORES Y CALABAZAS

Ya estamos en verano, **¡Mira!**

Veo flores amarillas
en las vides.

¡Bzzz! Las abejas esparcen polen de una flor a otra.

Las pequeñas calabazas verdes comienzan a crecer.
Yo riego las plantas cada semana.
No dejan de crecer durante todo el verano.

Las hojas absorben la cálida luz del sol. La luz del sol se convierte en alimento para las plantas de calabaza que están creciendo.

Por fin llegó el otoño.
El aire frio y los días más cortos les dicen
a las calabazas que dejen de crecer.
Su cáscara se vuelve anaranjada.
¡Están listas para cortarse!

¿Por qué necesitan
las calabazas la
luz del sol?

CAPÍTULO 3

LOS USOS DE LAS CALABAZAS

¡Hagamos una tarta de calabaza!
Primero, lavamos la cáscara de la calabaza.

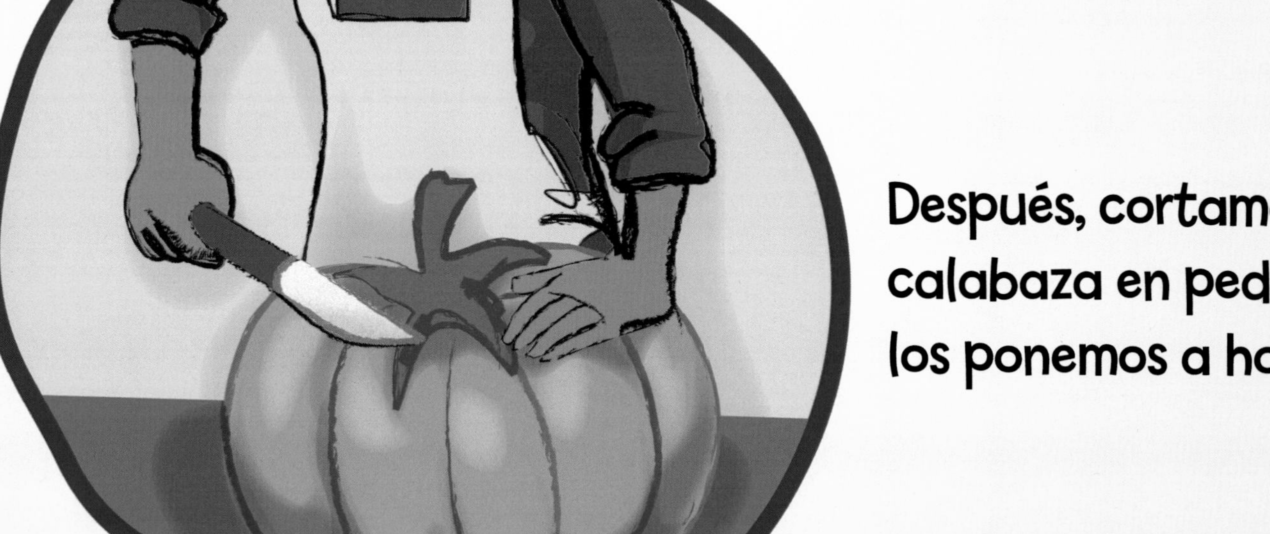

Después, cortamos la calabaza en pedazos y los ponemos a hornear.

Sacamos su suave pulpa y hacemos una tarta.

Qué rico huele. ¡Mmmmm!

Hagamos una calabaza para la noche de brujas. Hagamos un hoyo en la parte de arriba de la calabaza y saquemos sus semillas.

Hagámosle dos ojos, una nariz y una boca.

¡No olvidemos la vela!

¡Ay! Nuestra lámpara de noche de brujas da miedo.

Guardé algunas de las semillas de la calabaza.
Las plantaré la primavera que viene.

¿Que tan grande crecerán mis calabazas el próximo año?

APRENDE SOBRE EL OTOÑO

Las calabazas necesitan largas vides para crecer. Las vides pueden crecer hasta 30 pies (9 m) de largo.

Las calabazas tardan cien días en crecer. Las calabazas más grandes pueden crecer hasta 25 libras (11 kg) en un día.

La mayoría de las calabazas son anaranjadas. Pero hay también azules, blancas, verdes o rojas. Cuando comienzan a crecer, todas las calabazas son verdes.

Las calabazas con más líneas en su cáscara tienen más semillas adentro. Las calabazas de cascara lisa tienen menos semillas.

La calabaza con más peso ha sido una de 2,625 libras (1,191 kg). Pesaba lo mismo que un búfalo.

PIENSA EN EL OTOÑO:
PREGUNTAS DE RAZONAMIENTO CRÍTICO Y DE CARACTERÍSTICAS DEL TEXTO

¿Por qué piensas que plantamos calabazas en la primavera en lugar del otoño?

¿Puedes pensar en otros alimentos que podamos hacer con calabaza?

¿Cuántos capítulos tiene este libro?

¿Qué hay en la contraportada de este libro?

GLOSARIO

polen: un fino polvo amarillo producido por las flores. Las flores necesitan el polen para producir semillas.

pulpa: la parte suave de una calabaza que puedes comerte

raíz: la parte de una planta que crece abajo de la tierra. Las raíces absorben agua del suelo.

suelo: tierra. Las plantas crecen en el suelo.

vid: un tallo largo que crece a lo largo del suelo

PARA APRENDER MÁS

LIBROS

Deàk, Erzsi. ***Pumpkin Time!*** Naperville, IL: Sourcebooks Jabberwocky, 2014. Evy está tan concentrada en su huerto de calabazas que no se da cuenta de las cosas absurdas que pasan en su granja, desde cerdos bailarines hasta burros voladores.

Lindeen, Mary. ***I Pick Fall Pumpkins.*** Minneapolis: Lerner Publications, 2017. Aprende más sobre las partes de las calabazas y cómo crecen.

SITIO WEB

Lámparas de día de brujas
http://www.abcya.com/pumpkin_carving.htm
Juega y crea tu propia lámpara de día de brujas.

ÍNDICE

MOZ THE MONSTER

First published 2017 by Nosy Crow Ltd
The Crow's Nest, 14 Baden Place, Crosby Row,
London SE1 1YW
www.nosycrow.com

ISBN 978 1 78800 296 7

A CIP catalogue record for this book is available from the British Library.

Printed in Italy

Papers used by Nosy Crow are made from wood grown in sustainable forests.

1 3 5 7 9 8 6 4 2

MOZ THE MONSTER

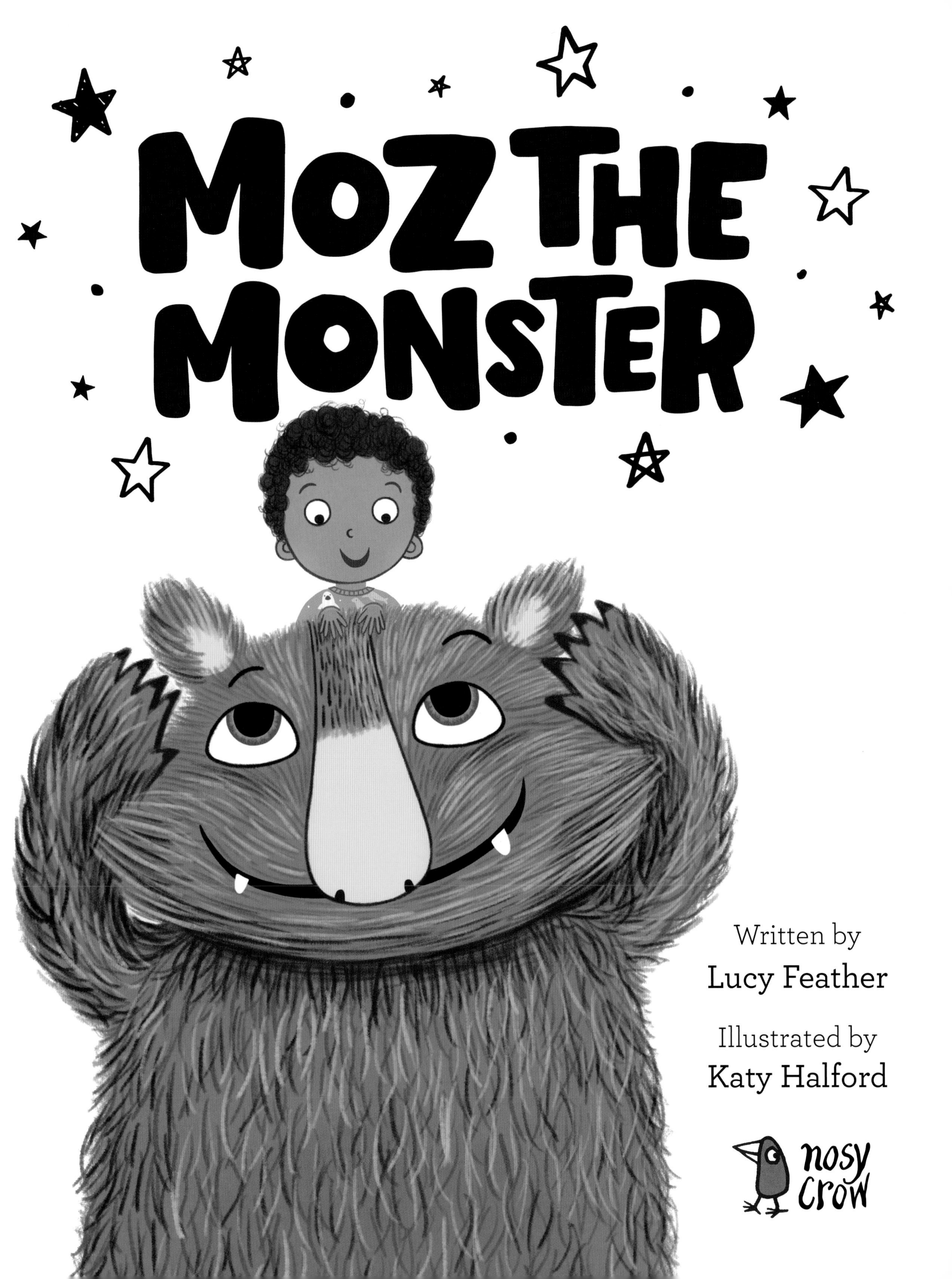

Written by
Lucy Feather

Illustrated by
Katy Halford

nosy crow

It was nearly Christmas!
It was time to go to bed.

Joe went slowly up the stairs.
"Oh, **must** I go?" he said.

Joe didn't really like the dark,
but, tucked up tight that night,
he made himself be big and brave . . .

and then turned off the light.

Then suddenly, from underneath his bed . . .

. . . he heard a snore,

and all his toys whooshed out

and tumbled right across the floor!

Joe, puzzled, thought he'd take a look,
and saw to his surprise . . .

. . . a sleepy, friendly and **enormous** pair of monster eyes!

Well, **that** was quite exciting . . .

but the snores went on and on.

Joe couldn't get to sleep,
although he tried to all night long.

Next day, Joe made a poster and he stuck it to his door.
“This will show that monster he’s not welcome any more!”

That night, as Joe climbed into bed,
all was calm and still,
and Joe began to drift to sleep.

"At last!" he sighed,

until . . .

something **blasted** through the room!

Joe sat up with a start!

He knew **exactly** what it was –
it was a **monstrous** . . .

. . . FART!

Joe began to laugh and laugh.
The monster joined in too.

"I will call you Moz," said Joe.
"I think that's nice, don't you?"

Moz blinked, then smiled and nodded,
so Joe knew he felt the same.

"Well, now we're both awake," said Joe,
"come on, let's play a game."

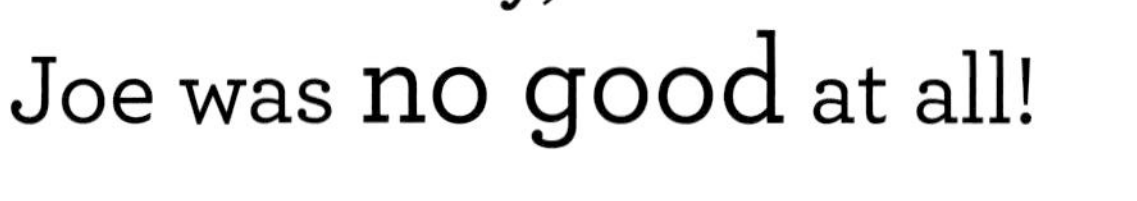

The next day, at the football match,
Joe was **no good** at all!

He yawned and dozed and rubbed his eyes –

he **couldn't** stop the ball!

Joe **didn't** really mind,
although the other side had won . . .

He knew that night, he'd see his friend
and have the best of fun.

But then again next morning,
it was time to cut Joe's hair.
Joe just couldn't stay awake
and dropped off in the chair.

Joe dozed by day, and played by night.
There was so much to do!

Rock, Paper, Scissors,

piggybacks . . .

all games just right for two.

Poor Joe grew **very** tired,
and his eyes began to ache.
He wrote his special letter,
but could hardly stay awake.

"Dear Santa, Please . . ."
the letter started . . .

There was nothing more.
Joe's head fell on the table
and he soon began to **snore**.

That night was most important:
it would soon be Christmas Day!
And though Joe felt so sleepy,
Moz thought it was time to play.

The game had hardly started,
when Moz noticed something odd:
Joe was very quiet and his head began to nod.

Moz suddenly felt sorry
as he gazed down at his friend.
Joe was just too **tired** . . .

so the games would have to end.

Next morning it was Christmas Day!
Joe raced down to the tree . . .

and found the strangest-looking gift.
"Is this one here for me?"
Everybody shrugged.
"Then I suppose it's not from you . . ."

But then Joe had a thought:
was it from Moz?
Could that be true?

Joe unwrapped the paper,
and inside found a night light.

"This will help me get to sleep
when I'm in bed tonight!"

Joe put his special Christmas present
right beside his bed.
He peeped at Moz,
and waved his hand.
"Goodnight," Joe softly said.
Moz raised his fuzzy paw as if to gently say goodbye.
And Joe grinned at the twinkle he could see in Moz's eye.

When Joe switched on his Christmas light,
he gasped: stars filled his room.
They gently glowed and glimmered
round a shining crescent moon.

"Moz, look!" Joe whispered.
"It's as if the sky has come inside!"

rAa

But Moz was gone.
Joe checked again.
There was nowhere to hide.
Joe sighed ...

and snuggled down to sleep.
His Christmas Day was done . . .

But Joe knew he would dream all night of Moz . . .

and monster fun.